魔法图书馆

涂色画

魔法图书馆

勇闯
爱丽丝秘境

［韩］安成熺/文
［韩］李景姬/图
赵英来/译

海峡出版发行集团
海峡文艺出版社

每当作家用心创作出一部妙趣横生的作品时，
幻想王国中就会诞生与作品相应的故事王国。

人们所知道的故事中的主人公，也都
生活在幻想王国相应的故事王国之中。

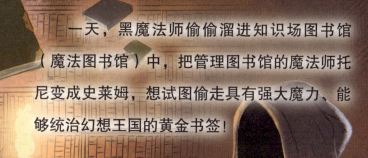

一天，黑魔法师偷偷溜进知识场图书馆（魔法图书馆）中，把管理图书馆的魔法师托尼变成史莱姆，想试图偷走具有强大魔力、能够统治幻想王国的黄金书签！

万幸的是，黄金书签具有自我保护能力。在黑魔法师到来之前预感到了危险，早已四散到各个故事王国中去了。

魔法书具有神奇的力量，能将散落各处的黄金书签收集在一起。现在，请让我们带上魔法书出发吧。

托尼

尼妮

　　无意间翻开魔法书，和姐姐一起再次被召唤到了幻想王国。尼妮活泼开朗，热情友好，在秘境中结识了许多神奇的朋友。同时，身处逆境时，她又能以意想不到的方式化解一个又一个危机。

爱丽丝

　　正直善良，乐于助人，富有同情心，拥有秘境中难能可贵的美好品质。她想尽办法帮助甘妮和尼妮寻找黄金书签，受公爵夫人的阻挠，被扑克牌士兵们所追赶。

甘妮

　　平时喜欢阅读，对幻想王国中出场的人物如数家珍。环境适应能力很强，但是由于担心妹妹尼妮，行事谨慎且时刻保持警惕。经常数落妹妹，也是出于疼爱和关心。

白兔先生

　　胆小怕事，优柔寡断，遇到事情经常举棋不定。它做的胡萝卜料理是幻想王国中最棒的美食！

帽匠

　　由于被时间卡牌的魔法困住，永远定格在了下午茶时间。爱开玩笑，善于辩论，为人直率而坦诚。

毛毛虫

　　一只坐在蘑菇上吸烟斗的古怪虫子，自身有外貌焦虑，不喜欢与人来往。它教给了爱丽丝能够随时变换身形的方法。

时间大人

　　一只能随时出现或消失的短毛猫。平时喜欢隐身，遇到有趣的事情会突然现身。

红桃女王

　　秘境统治者。性格跋扈残暴，认为自己说的话就是法律，一旦有人违背了她的想法，就叫嚷着要砍掉那个人的脑袋。

公爵夫人

　　势利庸俗，脾气暴躁，害怕红桃女王。拼命追捕爱丽丝和白兔先生……难道她是黑魔法师的手下？

目 录

引子　请遵守约定

尼妮，你不是说四点前要回家吗？

现在已经五点多了。

为什么玩的时候时间总是过得那么快啊？

咚！咚！咚！

啊！

我们不是约定好四点前要回家吗？你怎么不守时呢？

我就玩了一会儿，谁知道时间"嗖"一下过去了。

你没看手表吗？还有，你竟敢带棉花糖出来。

对不起！对不起啦！

什么手表不手表的？时间有那么重要吗？

甘妮、尼妮和爱丽丝三人滑入兔子洞，身体开始不断下坠。这个洞直直地向下延伸着，像一个地下通道，幽暗而深邃。不知道过了多长时间，也不知道还需要下降多久，姐妹俩都觉得有些不耐烦了。尼妮打着哈欠，懒洋洋地伸着懒腰。

　　"我感觉已经下降了五千千米左右了呢！"

　　爱丽丝微笑着回答甘妮的话："如果觉得无聊，那就欣赏一下周围的景物吧。"

　　尼妮游到了墙壁一侧。书架上摆放着各种标题奇怪的书籍、漂亮的茶杯、香甜的饼干、颜色各异的果酱和可爱的玩偶等。

 这里到底发生了什么事情？为什么需要我们的帮助呢？

公爵夫人似乎被黑魔法师夺走了灵魂。

 公爵？还是公鸡？

夺走灵魂，到底是怎么一回事？

 公爵夫人是个贪婪的人。听说她对落入我们王国的黄金书签虎视眈眈。幸亏我先找到了黄金书签。我已经交给了时间大人保管，希望你们能够把它安全地带回到幻想王国。

时间大人又是谁？

 时间大人是万物时序的掌管者，管理着秘境中的时间。

管理时间？尼妮需要好好跟它取取经。

 什么？时间管理？看来这里不是秘境，而是严格苛刻的地方啊。我不喜欢！

如果没有时间大人，秘境中的时间就会停止。他能控制人世间一切时间的行进和停滞。

真是个奇妙的地方。时间竟然也能走走停停！

 哦！这正合我意。

平时人们很少注意到他。他总喜欢躲在舒适的角落，观察着周围的一切。现在，时间大人拿着黄金书签躲进了白兔先生的怀表里。

 时间大人小到能进入怀表里吗？

在秘境里，任何人都可以自由地增大或缩小身体。特别是时间大人，他还可以将身体变得透明，直接隐身。

 那么，我们从白兔先生那里拿到怀表后，召唤出时间大人，然后取得黄金书签就大功告成啦！

问题是，戴着怀表的白兔先生现在被关在监狱里。公爵夫人诬陷白兔先生偷东西，把它抓进了监狱。

 什么？关进了监狱？

姐妹俩听着爱丽丝的讲述，不知不觉到达了洞底。

"朋友们，你们好啊！我现在正式介绍一下自己。我是来自秘境中的爱丽丝。欢迎你们来到这里！"

爱丽丝轻轻提起裙摆，热情地与甘妮与尼妮打着招呼。

"你好！我们是甘妮与尼妮。"尼妮省略了问候环节，急切地说，"你是说，公爵夫人为了得到黄金书签抓走了白兔先生，是吗？"

"没错！她原本对黄金书签毫无兴趣，不知为何突然间转变了态度。我想肯定是被黑魔法师控制了。"爱丽丝说。

这时，尼妮指着门喊道："啊，门缩小了，它变得越来越小了！"

"对不起，伙伴们……"爱丽丝十分抱歉地看着甘妮和尼妮说。

快跑！

大家急忙向门口方向跑去。跑在最前面的爱丽丝一把推开门，冲到了走廊上。

走廊变得越来越窄，高度也正在逐渐降低。

甘妮觉得自己的头顶已经触到了天花板，两边的墙壁也挤压着肩膀。在如此狭小的空间里，似乎呼吸都变得困难了。

"姐姐，快点！"周围还在继续缩小，马上要压迫到尼妮了。

"我再也走不了了！"甘妮向着爱丽丝说。

"你试着把身体转向一边！"爱丽丝回答道。

甘妮想像螃蟹一样横着行走，但是动作有些缓慢。危急时刻，尼妮从后面推着姐姐向前行进。

"砰！"

就在这时，爱丽丝一脚踹开了走廊尽头的出口，顺势滑了出去。紧接着，甘妮和尼妮也一路滑着逃了出来。

砰！

真是完美的滑行啊！

爱丽丝笑容满面。尼妮猛地站起来，走到爱丽丝身边，语气非常坚定。

 那我们现在去救可怜的白兔先生吧。救出白兔先生就能获得黄金书签了！

不愧是英雄啊！

 等一等！再慎重考虑一下吧，尼妮。爱丽丝，你说过白兔先生在监狱里，是吧？

没错，它马上就要上法庭受审了。

 白兔先生的罪名是什么？

听说白兔先生偷了公爵夫人的扇子和手套，我认为这是绝对不可能的。白兔先生是一个绅士！

 不过爱丽丝，你是秘境的主人公，难道救不了白兔先生吗？

因为和白兔先生关系亲密的缘故，我也正在被扑克牌士兵们追捕。还有，要想把黄金书签带回幻想王国，必须要有像你们一样的穿越者的帮助！真的拜托你们了！

 没问题！我们会帮助你的。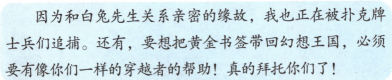

但是有一点，你们务必要注意。在这个秘境里不能随便吃东西，明白了吗？

不管我怎么喜欢吃东西，也不会随便吃的！

 拜托，尼妮！一定要记住你说的这句话。

 那么，我祝你们一路顺风！我相信你们一定可以的。

 相信我！别担心，爱丽丝！

 你也保重，爱丽丝！

甘妮和尼妮沿着爱丽丝告诉她们的路，朝着秘境王宫的方向前行。尼妮开起了玩笑。

 幸亏有我，刚才你才能脱险的，是吧？真是差点就被挤死了。

 嗯？是这样吗？如果不是因为你，想必现在我跟爸爸妈妈正吃着晚饭呢。

 姐姐，我突然好饿呀！这里没有便利店吗？

这时，路旁的树木缓缓转动了方向。郁郁葱葱的树枝上挂满了一串串香气扑鼻的水果。

突然，甘妮和尼妮面前的一棵树开口说起话来："你们饿了吧？那就吃我的果实吧。美味可口的果实不仅能填饱你们的肚子，还能让你们快速长高呢。"

话音刚落，其他树木也争先恐后地伸出了果实累累的树枝，引诱着孩子们：
"来吃我的果实吧。我的果实能带你们去梦幻岛。"

"我的果实，只有国王陛下才能吃到。是非常珍贵的水果哦。哪怕只吃一口，一辈子嘴里也会散发出浓郁的香气。"

"我的果实……"

"再也没有比我的果实更好吃……"

甘妮和尼妮竖起耳朵，听着这些极具诱惑力的话语，不由自主地把手伸向了果实。

就在千钧一发之际，不远处传来了爱丽丝尖锐的喊声。甘妮和尼妮如梦初醒，一下子打起了精神。

"我担心你们，所以就跟着过来了。果不其然啊！"爱丽丝摘下一个果子，扔进一棵大树的嘴里。

吞下果实后，那棵树立刻就变成了青蛙。

"哈哈哈！那个样子太好笑了！"树木们被逗得咯咯直笑。

瞬间，甘妮和尼妮浑身起满了鸡皮疙瘩。

"看见了吧？你们一定要小心啊。这里可是秘境。"

爱丽丝说完就回到树林中去了。甘妮和尼妮向着远处的城堡奋力前行。

第二章 寻找帽匠

甘妮和尼妮按照爱丽丝告诉她们的那样，数着城墙上的砖头走了过去。

"城门左边数过去第七十三块，下面数上来第十三块，对吧？"甘妮询问尼妮，但是没有得到妹妹的回答。

此时，尼妮正在聚精会神地埋头数数，对其他声音充耳不闻。

"……四十，五十，六十，七十。"

"呵！六十后面就是七十了。"

专注于数数的尼妮，完全没听到姐姐说的话。

"七十三！是这里，这里！"尼妮停下脚步说。接着，她又从下面开始数了十三块砖头。因为个子不够高，尼妮不得不借助姐姐的帮助。

"好像是那块砖头？"

尼妮试着摸了一下。与普通的砖头不同，那块砖头有点松动。用双手一拉，砖头就轻易地拽了出来。

"爱丽丝！你终于来了！"

突然，从砖头洞里探出了白兔的脑袋。

甘妮和尼妮吓了一跳，向后踉跄了几步。

白兔先生从姐妹俩那里得知了见到爱丽丝的事情。

"看来爱丽丝的处境也十分凶险啊！但愿事情不会太严重。"
白兔先生显得很担心。

"是爱丽丝委托我们来救你的。"

听到甘妮的话，白兔先生点了点头。

爱丽丝说得很对，这一切都有可能是黑魔法师的阴谋……虽然我不希望是那样。

"怀表在你那里吗？"

尼妮一提起怀表，白兔先生吧嗒吧嗒流着眼泪回答："可以说，我这里不一定有，也不一定没有。"

"那是什么意思？"甘妮反问道。

"原本是在我这里的，但是被关进监狱后，所有的物品都被没收了。我现在几乎是赤身裸体的状态，虽然并没有完全裸体。呃——啊！"

听了白兔先生的话，甘妮和尼妮差点儿笑出声来。姐妹俩憋住笑容，紧咬着嘴唇问白兔先生："要想拿回怀表该怎么做呢？"

"如果我在法庭上被宣判无罪，那么怀表就会归还给我。虽然也有可能不是那样。"

听到白兔先生含糊其词的回答，甘妮用力捶着自己的胸口说："你不要说得模棱两可，说确切一点啊。"

"要想洗脱你的罪名，需要做什么呢？"甘妮再次问道。

"有人为我作证，证明我没有偷公爵夫人的扇子和手套就可以了。不一定要向帽匠求助，但必须让他来帮忙。"白兔先生吞吞吐吐地说。

尼妮一脸不耐烦地说："知道了。把帽匠带到法庭就可以了，是吧？"

"虽然，不一定必须要那么做！但是如果帽匠能来，那是最好不过了。"

"够了！够了！"

两个孩子朝着白兔先生齐声喊道。

"帽匠的家在哪里啊？"尼妮问。

白兔先生回答道："你们去森林吧。在森林深处有一栋帽子形状的房子，一看便知。虽然也有可能认不出来。"

甘妮无奈地摇了摇头说："哎呀，真是没辙！"

尼妮跑向了森林，甘妮也紧随其后。

"姐姐，那不就是帽匠的家吗？"

甘妮与尼妮登上山坡向远处瞭望，眼前是一望无际的广阔田野。屋顶像帽子一样的独特建筑一下子就映入眼帘。姐妹俩朝着房子的方向奔跑而去。

　　正如孩子们所料，那里确实是帽匠的家。

　　庭院里有一张非常大的桌子，上面摆放着茶具和棋盘。帽匠正在跟三月兔、睡鼠围坐在一起玩着棋盘游戏。

　　"嗨，你们好！我叫尼妮。"

　　尼妮小心翼翼地打着招呼，慢慢走了过去。看到陌生人突然出现在眼前，三月兔和帽匠吓得将茶水一口喷出，随后大叫起来。甘妮和尼妮惊慌失措地看着他们。

哎呀，
吓我一跳！

怎么那么大声打招呼啊？
真是被你吓死了！

"你们是被我吓到了吗？我的声音太大了，是吗？"

"看好了，应该这样问候才对。"三月兔猛地跳到了桌子上，"大家好！"

三月兔的声音就像半空中起了个霹雳，震耳欲聋。帽匠在旁边拍着桌子，开怀大笑。

"对啊，这样打招呼才不会吓到人啊。"

甘妮诧异地盯着帽匠说："如果那样的话，不是更让人大吃一惊吗？你们可真奇怪。"

三月兔从桌子上一跃而下，随后为甘妮和尼妮拉开椅子，等待她们入座。孩子们面对着帽匠坐了下来。

　　"来吧，大家都放松一点。吃点炸鸡和披萨吧。"帽匠说道。

　　但是桌子上只有面包和曲奇饼干，并没有炸鸡和披萨。尼妮以为自己听错了，疑惑地望着姐姐。甘妮露出莫名其妙的表情，耸了耸肩膀。

"哪有炸鸡和披萨呀？我们到底怎么吃啊？"

听了尼妮的话，帽匠大言不惭地说："我只是说让你们吃炸鸡和披萨，也没有说这里就有啊。"

"怎么能这么捉弄人呢？你们真是太无礼了！"

甘妮越发对帽匠和三月兔的怪异举动感到气愤。

三月兔咯吱咯吱笑着反驳道："没有礼貌的是你们啊。我们从来没有邀请你们，是你们随意坐在这里的。"

尼妮瞬间火冒三丈，说："你刚才不是给我们拉出椅子了吗？"

"我只是稍微拉出椅子而已，也没有说让你们坐下呀！"三月兔再次反驳。

"这个逻辑简直可笑……"甘妮直接被气得说不出话来。

尼妮也是如此。

更神奇的是，在这么吵闹的情况下睡鼠仍然在呼呼大睡。它打着呼噜睡得又沉又香。

呼噜噜！呼噜噜！

"现在不是在这里开玩笑的时候！"甘妮调整了一下自己的心情，等平静了一点后说道。

尼妮也附和着说："没错，白兔先生现在被关在监狱里！"

听到这一消息，三月兔吃惊得蹦了起来。

"白兔先生？它怎么了？"

"公爵夫人诬陷它，说它偷了自己的扇子和手套。"甘妮将情况一五一十地告诉了帽匠。"我们快点去帮白兔先生洗刷罪名吧。"

此时，帽匠从椅子上傲慢地站起身来，说道："真是的。白兔先生？你觉得我们会去帮它吗？"

帽匠一副满不在乎的样子，皱着眉头，看样子他似乎完全不想帮忙。

我们去法庭上告诉大家，爱丽丝和白兔先生是无辜的就可以了，是吗？

真是虚惊一场！那我们现在就去法庭吧！

太好了，我们马上出发吧！

但是这不行啊。我们不能够离开这里。

没错，寸步难行啊。

为什么呢？难道你们没有时间吗？

没有时间？非也！你们也得罪了时间大人？

那又是什么意思？你说的是真话，还是玩笑话？

在我们的秘境里最重要的就是时间。如果你同它好，它就让钟表听你的话，你想做什么都可以。

我们一直荒废时间，得罪了时间大人，所以他很生气。

你是说……你们跟时间大人有了矛盾，它为了惩罚你们，把时间永远停留在了这一刻，是吗？

没错！终于沟通顺畅了。时间大人一气之下，将时间定格在了下午六点。我想结束这局棋牌游戏后再玩一局，但是时间总是循环往复，返回到相同的时刻。

姐姐，它说得对。刚才我觉得帽匠的家太好看了，所以偷偷用手机拍了一张照留念，当时是六点钟。你看！现在还是六点呢。

嗯，那要怎么做才能让时间流逝呢？

对了！让时间大人消消气不就行了嘛！你们不要这样一直坐着，想办法让时间大人开心一下，怎么样？

真是胡说八道，太荒唐了。

说得没错，有道理！只有玩得开心，时间大人才能被吸引到这里。

那我们一起玩棋牌游戏吧。

航海游戏：答对可行进，答错掉进大海一次，掉两次失败。

开始

①时间大人是只猫？

长颈鹿！

②什么样的腿最长（打一成语）

我真不知道。

靠智力？靠体力？

⑩农民、工人和科学家都靠什么吃饭？

⑨夫人莫入。（打一字）

⑪半真半假。（打一字）

我最喜欢做算术题。

⑫加加减减得十八。（打一字）

⑬人无信不立。（打一字）

⑭一月七日。（打一字）

 我姐姐吧。

③谁最铁面无私？（猜一工具）

④小白长得真像他的哥哥。（打一成语）

⑤什么动物是高手？

动物怎么可能有手？

这怎么回答呀？

⑧什么动物最经常被贴在墙壁上？

⑦天的孩子名叫什么？

⑥差一点六斤。（打一字）

天下子民！

⑮什么东西人们都不喜欢吃？

结束

什么呀！我一个都没有答对！

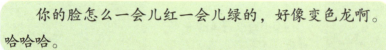 你的脸怎么一会儿红一会儿绿的，好像变色龙啊。哈哈哈。

 咯咯咯，最后再考你们一个谜语，这个谜语超级难。乌鸦和桌子的共同点是什么？

乌鸦和桌子？这个问题也太荒唐了吧？

 啊……太难了。乌鸦和桌子的共同点，到底是什么呀？

请听正确答案！乌鸦和桌子的共同点是，它们都不是兔子。

 哈哈哈，这算什么答案！

如果这么说的话，那可以找到一百多个共同点了。

 我能找到一千个！它们都不穿鞋！它们都不戴帽子！它们都不会跳舞！它们都不会做饭！

叮叮叮！这些都不对。有的乌鸦戴着帽子、穿着鞋，会跳舞，还会做料理，你们没看到过吗？

 那这个答案可以吗？它们都不会游泳！

哦，没错！这个我也想到了。那乌鸦和桌子都不会游泳的原因是？

 什么呀？猜谜游戏怎么没完没了的？

可以无休止地玩游戏，太棒了！我好喜欢秘境啊。

这个问题难度很高。没有提示吗？提示？

 谜语没有提示，可以说问题很难、很刁钻。这可是烧脑的脑筋急转弯哦。

 咳咳，我知道，就是它们俩都没有买到合适的泳衣。

 吓我一跳！你不是一直在睡觉吗？

 这话说得让我好伤心啊！我可是一道题也没有落下，都听着呢。

 叮咚！答案正确！

七点啦！七点！

　　这时，太阳开始渐渐落山，周围的一切也变得模糊不清了。三月兔看了看钟表，兴高采烈地蹦来跳去。

　　"万岁！现在是晚上七点。时间正在流逝，我们的计划成功了！"

"现在可以帮助我们了吗？"甘妮问帽匠。

"当然了！我们快点去法庭吧。"帽匠边说边走，甘尼和尼妮也紧随其后前往法庭。

很快，姐妹俩和帽匠就到了法庭，三月兔和睡鼠也跟着来了。看起来审判似乎快要接近尾声了。

秘境的统治者红桃女王，一脸严肃地站在法官的位置上。白兔先生正在法庭中央接受着审判。此时，白兔先生戴着镣铐被关在移动监狱中，无助地簌簌流泪。

"公爵夫人，你有什么诉求？"

听到女王问话，公爵夫人毕恭毕敬地回答道："那个可恶的兔子偷了我的扇子和羊皮手套。尊敬的陛下，请您让那只兔子今后做我的奴隶，直到它把东西归还给我为止。"

公爵夫人的话音刚落，台下就开始窃窃私语。

女王怒吼道："竟敢偷东西？那就应该立即处以死刑！"

监狱里的白兔先生拼命摇晃着铁栅栏，急切地说："冤枉啊！陛下。我绝对没有偷东西。我怎么会去偷盗呢？虽然看起来也有可能那样做。"

"简直一派胡言！停止无谓的抵抗，老实交代！偷了还是没偷？不老实交代，就立即执行死刑。死刑！"女王用尖锐的语气说道。

被女王的强大气场震慑到的公爵夫人，小心翼翼地提出请求："陛下，我觉得还达不到死刑的程度。只要让那个不知廉耻的白兔做我的奴隶……"

"小偷一定要处以死刑，处死它！这就是我们王国的法律！"女王大发雷霆。

陛下……

55

法庭上气氛凝重，一种无形的沉默笼罩着每个人。

甘妮和尼妮再也不能袖手旁观了。二人与帽匠一起站到了法庭的中央。

请等一等。白兔先生没犯罪！

谁在那里胡言乱语？还有，你们是从哪里冒出来的？

我们是旅行者。自从遇到白兔先生，知晓了它的冤屈后，我们就决定要帮助它。

帽匠会一五一十地告诉你们，白兔先生没有偷手套和扇子。

陛下！这件事情发生在我们秘境。我认为旅行者没有发言权！你们来这里干什么？扑克牌士兵，还不快点逮捕那两个家伙！

慢着！帽匠不是我们秘境的子民吗？我倒要听听你有什么说法。在法庭上胆敢撒谎的话，你也会被处以死刑！明白了吗？

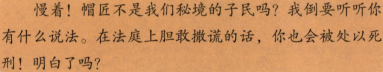

我也觉得白兔先生可能是小偷！

56

帽匠一语惊人。

甘妮和尼妮震惊地张大了嘴巴，面面相觑。

这突如其来的事情走向，令陪审员和观众们拍手大笑。其中最开心的人，莫过于公爵夫人了。

"你们看，我说得没错吧！"帽匠毫不理会骚动的人群，泰然自若得整理了一下帽子。接着举手示意观众们保持安静，于是继续说道。

 　但是，我们每个人也都有可能是小偷！为什么呢？因为公爵夫人嘴里说着别人是小偷，却拿不出任何实质性的证据，一切仅凭她一家之言。

　你这么说，确实没有看到公爵夫人提供的证据。公爵夫人，有证据吗？

 陛下，在我家里发现了白色的毛。

　我身上没有那么长的毛啊！

 　在座的各位，请问你们有谁看到白兔先生偷扇子和手套了？亲眼见到的人，请举手！

　一个人也没有啊。那么没看到白兔先生偷东西的人，请举手！

 我也没看到。

　又不是王国里的所有人都聚集在法庭。怎么能凭这种方式判断呢？

公爵夫人，你的手套和扇子是什么时候不见的？

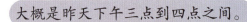 大概是昨天下午三点到四点之间。

 那个时间，白兔先生跟我在一起。我们在庭院里喝了一下午的茶。所以说白兔先生根本就不可能是罪犯。

没错，当时我也在场。

　　怀抱着睡鼠的三月兔也帮腔了。甘妮和尼妮注视着三月兔，没想到它也能为朋友挺身而出。

　　"我虽然不是很喜欢白兔先生，但是对于没有根据的诬陷，也不能袖手旁观。"三月兔一边说着，一边向白兔先生眨了眨眼睛。

　　此时，法庭上的氛围完全改变了。大家齐声呐喊着，要求放了白兔先生。

　　睡鼠也从睡梦中醒来，揉着眼睛说："是的，我也可以作证。昨天下午我们确实跟白兔先生一起玩来着。"

　　"睡鼠，谢谢你。"甘妮轻轻抚摩了一下睡鼠的头，于是睡鼠再次进入了梦乡。

　　"安静！现在我要做出判决了！"

　　女王提高了嗓门，显得很庄重。

　　"公爵夫人！你有两项罪名。第一，诬陷白兔是小偷。第二，擅自命令王国的扑克牌士兵！扑克牌士兵们，还不马上把她抓进监狱！"女王朝着公爵夫人大喝一声。

扑克牌士兵们遵照女王的命令逮捕了公爵夫人，并将她关进了之前关着白兔先生的移动监狱。

　　被释放的白兔先生喜笑颜开，蹦蹦跳跳地钻进了甘妮和尼妮的怀里。

　　"谢谢你们。我能够洗刷冤情，一切都是你们的功劳。"

　　姐妹俩和白兔先生抱在一起，开怀大笑。

　　"你们给我等着，走着瞧！"被关进监狱里的公爵夫人大喊大叫着。

"这些没收的物品归还给你。"扑克牌士兵走到白兔先生面前，拿出了一袋子东西。

"但是……我的怀表在哪里啊？"白兔先生问。

扑克牌士兵疑惑地摸了摸脑袋，说："这就是被扣押的全部物品。"

"还有一个东西！"

这时，扑克牌士兵红桃A边跑边叫着从后面赶来："等一下！把这个也带走吧！公爵夫人一口把怀表塞进自己嘴里，怎么也不肯松口，我们好不容易才撬出来。"

白兔先生从红桃A手里接过怀表后，轻轻打开了怀表的背面。

能看到什么吗？

 嘘！滴答滴答……怀表的秒针发出清脆的声音转个不停，看起来时间大人仍然还在怀表里。但是只有做一些有趣的事情，时间大人才会出现在我们面前。虽然也不一定只有这一种方法。

 一些有趣的事情？那是什么意思？

 会不会是这个意思啊？如果一直盯着钟表看，就感觉时间过得很慢；相反，如果沉迷于有趣的事情，不知不觉时间就流逝了。

 没错。虽然也不一定全都那样。

 那我们自己开心地玩，是不是就可以啦？

 我们在玩耍的过程中，想办法从时间大人那里获得黄金书签，那任务就完成了！

 好了，天也渐渐变暗了，大家先回我家吧。虽然，不是说一定……

 虽然，不是说一定要那样做？

　　甘妮和尼妮异口同声地脱口而出，接着咯咯咯笑了起来。

　　白兔先生为了感谢甘妮和尼妮的帮助，做了一桌子丰盛的晚餐。不过全都是胡萝卜料理。主食是胡萝卜炒饭，小菜是炖胡萝卜、炸胡萝卜、胡萝卜沙拉。还有，胡萝卜汁作为饮料也被端上了餐桌。

还没开始品尝，甘妮和尼妮已经有点打怵了。

"我虽然也喜欢胡萝卜，但是这也太多了……"

尼妮喃喃自语着，甘妮碰了一下她，提醒她不要再说下去。

"白兔先生，谢谢你款待我们。不过，爱丽丝让我们小心饮食……"

听了甘妮的话，白兔先生信心满满地说："我做得肯定没问题。这可是秘境中最美味的胡萝卜料理，饭后甜点还有胡萝卜蛋糕和胡萝卜茶，敬请期待哦！"

"胡萝卜蛋糕我好像有点吃不下了。"甘妮尴尬地笑着说。

饥肠辘辘的尼妮先吃了一口胡萝卜炒饭。紧接着，甘妮也喝了一口胡萝卜汁。

刚把食物放进嘴里，甘妮和尼妮的眼睛瞬间就睁大了。

我开动了！

白兔先生的料理简直就是人间美味，让人欲罢不能。

不一会儿，两个孩子风卷残云般将桌上的食物一扫而光。白兔先生欣慰地看着她们，说："看来你们也吃不下了，我把胡萝卜蛋糕送给邻居吧。"

不行！

甘妮和尼妮急忙叫住了白兔先生。然后二人津津有味地吃完了甜点。

吃饱喝足了的两姐妹和白兔先生一起坐到了壁炉前。孩子们斜眼瞟了一下怀表，开始玩起了词语接龙游戏。但是没过多久困意袭来，不知不觉甘妮和尼妮就睡着了。

　　白兔先生回到房间拿来毯子，盖在孩子们身上。

　　"想要和时间大人见面，看来得寻求爱丽丝的帮助了。"白兔先生看着怀表，喃喃自语道。

第五章　毛毛虫的蘑菇

　　甘妮和尼妮在白兔先生家住了一晚后，第二天就早早出门了。她们想要找到爱丽丝，请求她把时间大人从怀表里叫出来。刚到爱丽丝家，白兔先生就指着一棵树说："你们看那里！那里有一封爱丽丝留下的信！"

信！

白兔先生敏捷地爬到树上，把手伸进了小小的鸟窝里。

正当甘妮、尼妮想问白兔先生怎么知道有信的时候，就听见它说："爱丽丝时常会这样留下一封信后出门。"

白兔先生摇晃着信件，从树上跳了下来。

甘妮、尼妮和白兔先生一起读信。

白兔先生

不知是什么原因，

奇妙之家突然就变小了，

而且不能变回原来的样子。

我进到里面看看能不能找到解决方法。

小心不要踩到房子啊！

那样的话，

我可能就会变得像披萨一样扁平了！

爱丽丝

白兔先生读完信后，捧腹大笑起来："爱丽丝说，她像披萨一样又扁又平！太好笑了！"

尼妮默默低着头，仔细观察着周围的草丛。

姐姐，你看这里。这里有一个小小的房子！

嗯，是啊！感觉只有我的拳头这么大。

怎么才能进到里面呢？

这个嘛……要么缩小你们的身体，要么增大奇妙之家，只有这两种方法了。

对了，毛毛虫！毛毛虫那里有很多神奇的蘑菇。吃了蘑菇就能增大或缩小身体了。

你们要去吗？我可以送你们过去。虽然也不一定只有那种方法。例如，我们也可以坐在这里，静静地等待爱丽丝回来。

呵呵，快点送我们过去吧！

好……好吧。去那里倒是挺容易的。

白兔先生架着胡萝卜模样的雪橇，将甘妮和尼妮送到了毛毛虫那里，随后它就原路返回了。

姐妹俩一眼看到了毛毛虫。它是一只蓝色的大毛毛虫，大小要比尼妮的拳头小一些。此时它正环抱胳膊，坐在一片大大的叶子上悠闲地吸着一根长长的水烟管。

看到姐妹俩后，它把水烟管从嘴里拿开，然后用慢吞吞的、瞌睡似的声调说。

 我从没见过你们，你们为什么来这里？

你好！请问你这里是不是有让人身体增大或缩小的蘑菇？我们现在非常需要它。

 哼！自我介绍都不做就直接提要求！真是没礼貌！

你还在树林里抽烟呢！你才没礼貌呢！

 你懂什么！

对不起，对不起。我们先做一下自我介绍。我们是来自幻想王国之外的旅行者。我叫甘妮，她是我的妹妹，名叫……

 我叫尼妮！

不管你们是从哪里来的，总之我不喜欢有人打扰我。快点走吧！

走开!

甘妮和尼妮蹲下身体，缓缓地把脸凑近毛毛虫。

"走开！别管我！让我一个人静一静！"

毛毛虫从叶子上咕噜咕噜地滚落下来，掉在草丛里。尼妮在后面紧紧跟着它。

"不要过来！"

突然，毛毛虫向姐妹俩发起了猛烈攻击，它将身上的毒刺疯狂发射出去。因为躲闪不及，一根刺刺进了尼妮的膝盖。

"啊！"

虽然刺很小，但是尼妮像被针扎了一样，感到一阵疼痛。甘妮立刻搀扶起妹妹。

"尼妮，你没事吧？"

"姐姐，别让它跑了。"

此时，毛毛虫也朝着甘妮发射了毒刺。甘妮的腿和脚上也被刺进了几根刺。

"尼妮，快点从魔法书里拿点什么出来吧！"甘妮急切地说。

尼妮赶忙打开魔法书，把手伸了进去。

"拿什么出来好呢？"尼妮灵光一现，突然冒出了个好点子。"用镜子都给反射回去，不就可以了嘛！"

尼妮从魔法书里掏出了"镜子"二字。但是此时，毛毛虫已逃得无影无踪。

"可爱的毛毛虫，你别走啊！"

听了尼妮的话，毛毛虫突然停下了脚步。

"可爱？你是说我……可爱？是我吗？"

"当然了！不发射毒刺，你就更可爱啦！"

尼妮话音刚落，毛毛虫就停止了攻击。

"我从来没有听到过这样的话。"

看到毛毛虫扭扭捏捏地说，尼妮再次肯定地说道："你真的越看越可爱！"

毛毛虫炫耀似的慵懒地伸长了身体，紧接着拿出水烟管吸了起来。烟味四处飘散，尼妮捂住了鼻子。结果，手里拿着的"镜子"二字掉落在地上，一瞬间变成了真正的镜子。

甘妮连忙拿起镜子，递给毛毛虫说："给，看看你的样子。怎么样？"

"我从来没有看过镜子，没想到我长成这样。仔细端详一下，我还挺有魅力的。"

尼妮用手指温柔地抚摩着毛毛虫的头。

突如其来的举动，让毛毛虫的脸蛋一下子就变红了。可是没过多久，毛毛虫的表情就逐渐阴沉下来。

"但是大家为什么都躲着我呢？为什么没有人主动接近我呢？它们肯定觉得我很恶心！"

哇！我还挺有魅力的！

甘妮用手捏着鼻子说道："那是因为它！"

毛毛虫看了看水烟管，沉默片刻后便把它扔掉了。

"难道真是因为这个？天啊！我万万没想到！"

终于解开心结的毛毛虫，向两个孩子再三道谢："谢谢你们。其实也没什么大不了的，只是我自己太敏感罢了。"

甘妮微笑着说："如果有人因为长相而嘲笑或骚扰你，那一定是那个人的问题，你没有过错。"

"听到你们的话，我心里舒坦多了。"毛毛虫晃了晃身子，懒洋洋地伸了个懒腰说。接着它对着镜子一会儿伸展身体，一会儿又蜷缩成一团，仿佛是在欣赏自己曼妙的身材。

"我们想请你帮一个忙，你看可以吗？"尼妮说道。

毛毛虫爽快地答应了下来。

甘妮和尼妮简单地讲述了她们来到秘境后所经历的一切，并且提到来这里的目的是为了得到调节身体大小的蘑菇。

于是，毛毛虫采了两种不同的蘑菇，分给了甘妮和尼妮。

毛毛虫叮嘱道："这个蘑菇放在口袋里，就会自行生长。只要不是一口吞下去，那就可以长期使用了。"

甘妮和尼妮分别将黄色蘑菇和白色蘑菇放进左右两侧的口袋。

"吃白蘑菇身体会变大，吃黄蘑菇身体会缩小。怎么样，简单吧？不要忘了啊！"

"知道了。我一定牢牢记住。"

甘妮信心满满地回答。随后，孩子们告别了毛毛虫，再一次踏上了行程。

"白大黄小，白大黄小……别打扰我，我要好好记住！"与毛毛虫分别后，尼妮不停地嘟囔。

甘妮看着妹妹，说："尼妮，你要是怕忘记，就在手机备忘录里记录一下吧。"

尼妮使劲儿地点了点头。孩子们一边咯咯笑着，一边朝着奇妙之家的方向跑去。

第六章　秘境中的奇妙之家

甘妮和尼妮刚到森林深处的奇妙之家，白兔先生就从大树后面探出了脑袋。

"你们从毛毛虫那里得到蘑菇了吗？"

听了白兔的话，甘妮和尼妮从两个口袋里掏出了蘑菇。

尼妮环顾四周，轻声问道："奇妙之家在哪里呀？"

"嘘！"白兔先生瞪大了圆圆的双眼回答。

　　甘妮接着问："你为什么这么紧张啊？"

　　"我把它藏在这里。听说公爵夫人正在派人寻找它。"

　　白兔指向草丛中的一处角落，那里有一块突出来的小小的方形石头。甘妮和尼妮跪坐在地，凑近了仔细打量着石头。经过细心观察，孩子们发现那原来是一个很小的烟囱。

"公爵夫人为什么想要得到奇妙之家呢？"

甘妮疑惑地问白兔先生。忽然，白兔先生的身后浮现出一个巨大的黑影。接着，孩子们听到一个令人毛骨悚然的声音。

"我做什么关你们什么事？"

"啊啊啊！"

甘妮和尼妮被吓得魂飞魄散，异口同声发出了尖叫声，随后身体往后一仰，一屁股坐到地上。

"快点把蘑菇交出来！"

公爵夫人大声喊道。

危急时刻，白兔先生挺身而出挡在了公爵夫人的面前，并对姐妹俩说："孩子们，我挡住他们，你们快去奇妙之家！"

"好的，你要小心啊！"尼妮回答。

白兔先生以迅雷不及掩耳之势钻进了洞穴。看到这种状况，扑克牌士兵们陷入混乱之中。

趁此，甘妮和尼妮拿出黄色蘑菇迅速咬了一小口。不一会儿，姐妹俩的身体就开始逐渐变小了。

"姐姐，你的身体正在变小啊！"

"尼妮，你也一样！"

待不再变小，在此时的她们看来，公爵夫人简直就像一只巨大的怪兽。

　　白兔先生对缩小的孩子们说："对了，给你们这个怀表！"

　　"交给我！怀表也是我的！你们休想拿走！"

　　公爵夫人试图从白兔先生手中夺走怀表。

　　"沙沙沙——"

　　就在这时，从怀表中钻出一只蓝色的猫。随后蓝猫的身体不断膨胀变大。它还把怀表戴在了自己身上，并露出了诡异的笑容。

　　"是时间大人！"

　　白兔先生指着蓝猫非常吃惊。甘妮惊讶地看着说："天啊！时间大人竟然是一只猫？"

"它觉得我们引起的骚动很有趣，所以才现身的吧！"尼妮补充道。

　　"快给我交出怀表来！"公爵夫人拖着笨重的身体冲向时间大人。此时，时间大人"嗖"一下钻进了眼前的奇妙之家。

　　"孩子们，你们抓紧去找时间大人！"白兔先生喊道。

　　"姐姐，我们快点进屋吧！"尼妮打开奇妙之家的门。话音刚落，甘妮就毫不犹豫地进到屋里。尼妮也跟着进入房子后，迅速锁上了门。

　　公爵夫人用她那粗壮的手指拨开窗户，对屋里面的甘妮和尼妮说："你们这些可恶的家伙！还不快点开门！"

此时，对面的窗户突然被打开，白兔先生出现在窗口。

"孩子们，请你们把爱丽丝也带回来。拜托了！"

"哪怕是追到地球的尽头，我也要抓到你们！"公爵夫人在另一侧窗口大喊大叫着。

现在，甘妮和尼妮完全不害怕公爵夫人，因为公爵夫人那庞大的身躯想要进入奇妙之家，是万万不可能的。

"有本事进来呀！"尼妮做鬼脸来气她。

"有本事进来呀！"尼妮一连说了几遍。

公爵夫人的脸从窗户上消失了，只听到呼哧呼哧喘着粗气的声音，那声音就像发怒的公牛要把所有的怒气都从鼻子里喷出来似的。

"比尔！快点进去，把她们给我抓回来！"

在公爵夫人的命令下，一只蜥蜴爬进了奇妙之家。

比尔戴着墨镜，穿着一身黑色西装，看起来十分滑稽。它挥舞着剑向甘妮和尼妮跑来。

"今天就是你们的死期！"

我是杀手
蜥蜴比尔！

看到这个情况，甘妮大吃一惊，随后急忙朝着走廊逃跑。"尼妮，快点跑啊！"甘妮大声喊道。但是尼妮坐在地板上毫无反应，一副不愿意起来的样子。甘妮再一次大声疾呼。

　　"尼妮，做什么呢？快跑啊！"

　　"你难道不害怕我吗？"比尔用剑指着尼妮说。

　　"不知道啊。反正我不想再逃跑了。"

　　尼妮把腿伸得长长的，又舒服地伸了个懒腰。

　　"肚子有点饿了。"于是她把手放进右边口袋里，手指触碰到了毛毛虫给的蘑菇。

"尼妮，你到底想干什么呀？"甘妮又气又急。

但是尼妮始终没有回答，她依旧沉浸在自己的世界里喃喃自语着。

随着时间的流逝，尼妮的声音越来越大。

"你这小家伙，到底在嘀咕什么？"蜥蜴比尔向前走近了一步。

甘妮飞快地折返回来，张开双臂挡在了尼妮的前面。

这时，尼妮一边吃着白蘑菇，一边念咒语。

"白大黄小！白大黄小！白蘑菇变大，黄蘑菇变小！"

白大黄小 白大黄小 白大黄小

随着一声声咒语，尼妮的身体开始迅速膨胀变大。

比尔的脸上逐渐笼罩了一层浓重的阴影。甘妮慢慢转过身去。

"你刚才说我是小家伙，我这个小家伙现在大不大呀？"

吃了白蘑菇的尼妮，像一个巨人一样变得又高又大。看到尼妮的变化，比尔吓得眼珠子都要掉出来了。

比尔扔掉手中的剑撒腿就跑。甘妮看着变大的妹妹吃惊不已。

"尼妮……怎……怎么办才好呢？"

"哈哈哈！姐姐，你看那个蜥蜴逃跑的样子，太可笑了！"尼妮捧腹大笑着。

甘妮大声对尼妮说。"尼妮！你快点吃黄蘑菇！回到原来的样子！"

"个子变高真好啊！我想一直这样生活。不，我想长得更高一些！"于是，尼妮又继续吃起白蘑菇。随后，大巨人尼妮在走廊上砰砰跑动着，到处寻找起时间大人。

"在这个房间吗？"

尼妮猛地把门推开，一不小心脚被门槛绊倒了。

啊啊啊！

"小心啊，尼妮！"甘妮伸出双臂试图抓住她，但没有成功。

尼妮人仰马翻地摔进了房间里。她想要起身时，从前面的镜子里看到了自己的模样。

哐哐哐哐！

"咿呀呀呀！"

尼妮被自己的庞大身躯吓了一跳，反复确认着镜子里的自己。

"怎么办才好啊！我怎么变成巨人了！"尼妮的眼泪夺眶而出，号啕大哭起来。

"尼妮！快点吃黄蘑菇啊！"

听了甘妮的话，尼妮急忙想要把手放进口袋里。可是她的手实在是太大了，根本取不出蘑菇来。

"啊！"

巨人尼妮的眼泪像瀑布一样倾泻而下。房子里仿佛涨了洪水似的，顷刻间成了泪水的海洋。

甘妮也从口袋里拿出白蘑菇吃了起来。

"我现在把黄蘑菇拿给你。等一下啊！"甘妮大声喊道。

尼妮抽泣着说："你变得跟我一样大，不是照样拿不出蘑菇嘛！"

"哎呀！是啊，我怎么没想到呢。"

甘妮想要掏出黄蘑菇，可是胳膊越变越长，手根本伸不到口袋里。

姐姐！你试着把手伸进我的口袋里看看。

 是啊！真是个好主意！

 稍微往下一点！对，那里就是口袋！

 蘑菇太小了，我握不住它。你到底吃了多少蘑菇啊？

 再努力一点！要集中注意力！

 好了，可算抓到了！

 放进我嘴里。这里，这里！

 怎么办！蘑菇被水冲走了！我没抓住它！

 什么？这回我们完蛋了！彻底完蛋了！

这时，甘妮也急得大哭起来。两个巨人的眼泪将奇妙之家变成了"泪海"。

 姐姐，别哭了！

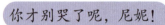 你才别哭了呢，尼妮！

 你哭得比我厉害多了……咳咳。

就在这时，一个黄色的蘑菇碎片顺着水流飘到了甘妮的面前。蘑菇片越变越大，很快就成为一朵大蘑菇。甘妮想起了毛毛虫说过的话。它说蘑菇能够自行生长，原来这是真的。

甘妮拿起黄色蘑菇掰成两半，赶紧将一半蘑菇放进尼妮的嘴里。接着自己也吃了另一半。

 太好了！身体正在变小！

尼妮！小心不要被水冲走了！

 嘿嘿，姐姐你担心得可真多……

尼妮！

 噗！要是姐姐没有抓住我，我可能就被波浪卷走了。

不行！我们不能坐以待毙。尼妮，我们找一找窗户吧。

甘妮深吸一口气，潜入水中。尼妮也大口吸入空气，屏住呼吸跟着姐姐开始下潜。

两个孩子努力地游向窗户。

可是，屋子里的窗户需要自下而上地打开。

甘妮和尼妮彼此用眼神交流着。

"一……二……三！"

孩子们将窗户使劲儿向两侧拉动。但是窗户始终一动也不动。尼妮再也坚持不住了。她的双手无力地落下，眼皮也渐渐垂了下来。

尼妮！醒醒啊！

　　在这千钧一发之际，尼妮包里的魔法书开始不断晃动并闪出耀眼的光芒，随后托尼出现在孩子们眼前。

　　托尼把自己变成薄薄的纸片状，从窗户缝里钻了进去。接着它鼓起身子把窗户抬了起来。

"谢天谢地！我们得救了！"

可是，还有更可怕的事情等待着孩子们。

　　奇妙之家里的泪水迅速从窗户排出。同时，以窗户为中心掀起了巨大的浪花，就好像放掉浴缸里的水时产生的漩涡一样。

甘妮和尼妮好比洗衣机里正在甩干的衣服，不受控制地在窗户周围团团打转。水流湍急，甘妮和尼妮最终因体力不支，渐渐失去了知觉。

　　时间不知过了多久。对于姐妹俩来说，仿佛过了一个世纪那么漫长。

　　孩子们清醒过来时，发现自己躺在走廊地板上。尼妮试图站起来，但是脑袋还是晕晕乎乎的无法站稳，于是又坐了下来。甘妮也没能轻易站起来。

　　两个人互相搀扶着支撑起身体。环顾四周，奇妙之家里已经乱作一团。所有的房门都敞开着，走廊上堆满了泥浆和垃圾。整个房子也因为被水浸泡过，变得又潮又湿。

　　"阿嚏！"

　　突然，身后传来了打喷嚏的声音，两个孩子回头张望。只见一只鹦鹉正在用手帕擦着鼻涕。鹦鹉清了清嗓子，说："太潮湿了，我简直活不下去了。"

　　"其他的都好说，但是我最讨厌被水淋湿了。"渡渡鸟也出现在眼前。

紧接着出现了猴子、老鼠、猫头鹰、小鹰、花蟹等各种动物。洪水过后，它们一个个都变成湿漉漉的狼狈样子。

甘妮先向动物们打起招呼："嗨，孩子们，你们好！我们是甘妮和尼妮。我们正在寻找爱丽丝和时间大人，你们有谁见过她们吗？"

扑棱扑棱——

噗噗噗——

阿嚏！

"人类！我们不是孩子，是动物。"老鼠第一个反驳道。接着，其他动物们"咯咯咯"地笑了起来。

猫头鹰拍了一下老鼠的头说："傻瓜，你说那个有什么用？"

"没错，你就是喜欢找茬挑刺，抓人话柄。"花蟹附和着说。

"抓话柄！没有啊，我这一辈子就抓老鼠尾巴了。"

听了老鼠的话，动物们都笑出了声。

笑了半天的渡渡鸟走到甘妮和尼妮身旁说："时间大人性格内向，很腼腆、容易羞涩，所以绝对不会出现在这里的。现在它自己也成了落汤鸡，更不可能出来了。"

"那要怎么做才能让它现身呢？"

尼妮抱着胳膊仔细想了想，然后兴奋地弹了一个响指。

"我们自己玩得开心的话，它自然会出现吧！时间大人不是喜欢有趣的事情嘛！"

"你这句话对一半错一半。要等到奇妙之家里的水完全排干后，时间大人才有可能出现。"老鼠说。

动物们你一言我一语地补充："想要消除水汽，常胜赛跑是最直接、最有效的方法。"

"没错，再说常胜赛跑多有意思啊！"

"比赛结束后，我们的羽毛一定会蓬松干爽。"

甘妮和尼妮面面相觑。虽然孩子们在书中读到过常胜赛跑，但是从来没有亲自体验过。

小鹰看到姐妹俩不知所措的样子，于是像蹒跚学步的孩子一样一摇一晃地走过来说。

"不要担心。常胜赛跑谁都能参加。"

这时，老鼠捡起一根树枝，围绕着动物们画了一个大大的圈。

动物们兴高采烈地在各自位置上蹦跳。只有甘妮和尼妮不知所措地呆立在那里。

"这就是赛跑线路！"老鼠大声说。

"第一名得给个奖励啊！"

"那是当然了！应该给优胜者一个很棒的奖品！"

动物们七嘴八舌起哄着。

"准备！三，二，一……"渡渡鸟优雅地展开翅膀说。

"等一下！起点在哪里啊？"甘妮急切地询问，但是没有一个人回答她。渡渡鸟完全没有搭理甘妮，随后大声宣布。

我们给第一名颁
发奖品吧!

我宣布, 今
天的获胜者, 这
次常胜赛跑的第
一名是……

大家都屏住了呼吸, 只听到"怦怦怦"心脏剧烈跳动的声音。

"大家都是第一名!"老鼠大声宣布。动物们顿时欢呼雀跃,
蹦蹦跳跳, 脸上洋溢出幸福的光彩。

猫头鹰慢慢张开翅膀对老鼠说: "现在给第一名发奖品吧!"

"谁给我们发奖品啊？"

"我觉得，旅行者应该给我们送奖品。"渡渡鸟指着甘妮和尼妮说道。

"姐姐，我怎么有点懵啊！你看懂了吗？"听了尼妮的话，甘妮摇了摇头。

"我也一样。我始终理解不了它们的游戏。"

动物们吵吵闹闹地催促着甘妮和尼妮。

"给奖品！奖品！奖品！"

无奈之下，尼妮翻了翻书包。

"这个可以吗？"尼妮掏出一包五颜六色的果冻。甘妮面带微笑向尼妮竖起了大拇指。

"呜哇哇哇！姐姐，你看啊。"

尼妮忍不住笑出声来。原来，猴子收到果冻后开心地在原地转了二十多圈。

"本以为是一场毫无意义的比赛，没想到还挺有意思的！"尼妮说。

甘妮也点了点头。

"那两个孩子也是获胜者，到底谁给她们发奖品呢？"听了猴子的话，动物们交头接耳讨论起来。

"渡渡鸟颁发怎么样？它不是裁判嘛。"

按顺序依次发放哦。

给，这是一等奖的！

大家都点头同意老鼠的建议。渡渡鸟在怀里翻找了一番，最后掏出了两个小小的铅笔帽。那是仿照渡渡鸟的样子做成的卡通版的铅笔帽。

"哇！太可爱了！"尼妮目不转睛地盯着，脸上乐开了花。

"但是，朋友们，我们的衣服还有点潮湿。"甘妮话音刚落，老鼠就抖了一下身体说道。

"看来我们最终只能使用那个办法了。"老鼠轻轻摸着自己的尾巴，胸有成竹似的露出了神秘的笑容。

回到你们的世界也不要忘记常胜比赛啊！每个人都可以在自己的位置上竭尽全力，努力奔跑！

尼妮打断了老鼠的话："等一下！姐姐，我们不是有魔法书嘛。"

"没错！我们有那个。"

尼妮将手伸进书里寻觅了半天。然后掏出了一个单词。

"电风扇！"

甘妮赶紧按下了最高风速按钮。电风扇的叶片快速旋转的同时，周围刮起了凉爽的风。于是，动物们也跟着风扇转来转去试图吹干自己的身体。

老鼠似乎有点沮丧，默默站在远处望着大家。

"哼！那算什么。我其实有更好的方法……"

"对了，比起电风扇，这个风力更强劲！"

这次，尼妮又拿出了"空调"二字。甘妮一打开空调，一股强有力的风吹了出来。紧接着，动物们又聚集到了空调周围。

"现在更凉快了！"

"我感觉湿漉漉的毛发马上就要被吹干了！"

动物们开心地在电风扇和空调之间来回移动。但是老鼠却始终没有靠近。它噘着嘴，不悦地说："凉风吹多了会感冒的！我这里有个好……"

对了，那么这个会更好！

 嘻嘻，我也想到那个了……

 好极了！烘干机！

 嗯，那是什么？是箱子吗？

 　烘干机是一种去除衣物中水分的机械设备，它能提高我们的干燥速度。

 哦，那我先用一下！

 我也要，我也要！

 不要老是打断我的话！

 老鼠，你一天天就是喜欢找茬。

 对啊，还总说只抓老鼠尾巴，从不抓别人把柄。

 对不起。我以后不说让人扫兴的话了。

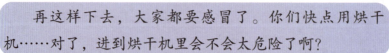 阿嚏！阿嚏！
阿嚏！阿嚏！
阿嚏！阿嚏！

 　再这样下去，大家都要感冒了。你们快点用烘干机……对了，进到烘干机里会不会太危险了啊？

 的确如此。我们又不是衣服之类的。

听我说，我有一个好办法！

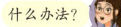 什么办法？

 我们每人都说一个干燥无比的故事吧。

干燥的故事？

 一听就浑身干巴巴的！故事里含有干燥、干旱、干爽之类的词语或情节就行！

听了那种故事，难道身体就会变干爽吗？

 当然了！别忘了这里可是秘境里的奇妙之家呀！

大家只要对着这个魔法麦克风讲故事就可以！

老鼠一边说着，一边从怀里拿出了麦克风。

老鼠的话点燃了动物们的热情，它们争先恐后地想要讲故事。为了争抢麦克风，动物们使出浑身解数，没过一会儿你一拳我一腿开始互相殴打起来。麦克风最终落到了猴子手里。

 非常非常干燥的沙漠里住着一只蜥蜴，这是我从它那里得知的事情。你们知道蜥蜴是怎么去朋友家做客的吗？

不，我不知道。

113

"炙热的阳光烤得沙漠表面热辣辣的，蜥蜴们怕烫到脚底板，只能变换着脚走路！那样子就好像在跳某种怪异的舞蹈。"

猴子模仿沙漠蜥蜴行走的样子，跳着"烫脚舞"，动物们被逗得哈哈大笑。甘妮和尼妮也跟着笑了。

"真是个热浪滚滚的故事啊！"

"夸张的肢体语言可是犯规的！"

动物们同时发出了嘘声。

老鼠实在看不下去，便把麦克风抢了过来。

"下面我给大家讲一个真正干干爽爽的故事。"老鼠打着节奏，用说唱的方式开始讲故事。

我给你们讲一个关于明太鱼的非常非常干燥的故事。明太鱼的幼崽是小明太鱼，刚抓到时是生明太鱼，冷冻之后就叫冻明太鱼，经过数月反复晾晒外表呈黄色的叫黄明太鱼，晒得干巴巴的叫干明太鱼……

老鼠的说唱表演刚结束，动物们就纷纷表示干燥效果十分显著，感觉自己就像明太鱼一样已经脱水了。

渡渡鸟接过老鼠的麦克风，把它递给了尼妮。

小明太鱼 生明太鱼 冻明太鱼 黄明太鱼 干明太鱼

它们都是明太鱼

好吃你就多吃，不好吃就吃吃——

现在让我们听一听旅行者们带来的故事吧。你们来自外面的世界，一定知道更多有趣的故事。

关于干燥的故事之类的，我也不知道啊。

 我先来一个吧。去年冬天寒风刺骨，狂风肆无忌惮地吹着。光秃秃的树枝也在狂风怒吼中战栗，摇曳不定。有一天我去图书馆，竟然忘记带了唇膏。

天啊，听着就干燥！

 我感觉嘴唇都要干裂起皮了。

不然用舌头舔一舔嘴唇吧！

 傻瓜，嘴唇越舔越容易干裂！

 当时我想，反正唇膏也快用完了，就去便利店买一个新的吧。但是好巧不巧，那天便利店里也没有唇膏。唇膏已经卖断货了。

  啊啊！太干燥啦！

 这还没完。偏偏我坐的位置是空调的正下方，暖烘烘的热风一直吹着我的脸。

   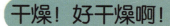 **干燥！好干燥啊！**

够了！这样下去我们全都要变成鱿鱼干了。

呵呵

这时尼妮拉了一下姐姐的衣袖。

"姐姐，看那里。它是不是时间大人？"

一只蓝色的猫微笑着看向孩子们。蓝猫的脖子上挂着的正是白兔先生的怀表。

"是时间大人！它终于出现了！"

此时，爱丽丝也出现在走廊的另一边。

"孩子们！你们是怎么来到这里的？"

"爱丽丝！"

甘妮和尼妮兴高采烈地向爱丽丝跑去。

"我们从毛毛虫那里得到了能增大变小的蘑菇，所以才能进到里面。"尼妮得意地对爱丽丝说。

"你们竟然能从那个刻薄的虫子那里得到蘑菇？简直太了不起了！"

时间大人像在空中游泳一样，一点一点飘向孩子们。甘妮喜出望外，微微翘起的嘴角挂着满心的喜悦。

"现在终于可以回家了！"甘妮说完便走向时间大人。

"时间大人，你能把黄金书签给我们吗？"

"我们会安全地把它带回知识场图书馆的。"尼妮摆动着魔法书说。

时间大人慢悠悠地转了一圈后弯下身子。随即就在圆鼓鼓的肚子周围翻找起来。没过多久，它便掏出了一个东西。

"哇！这是第二个黄金书签！"尼妮大声喊道。

时间大人轻轻一推，黄金书签就朝着孩子们飞来。

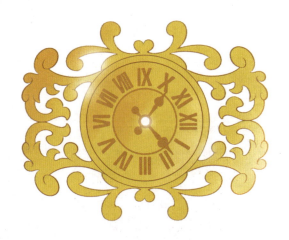

尼妮点了点头，表示感谢。

"谢谢你！"就在这时，可怕的声音响彻整个奇妙之家。

一看到公爵夫人，时间大人就吓得带着黄金书签"嗖"的一下逃回到怀表中。尼妮赶忙跑去抓住怀表。

"干得好，尼妮！"

"公爵夫人！你们是怎么进来的？"爱丽丝说。

公爵夫人满脸荡漾着奸诈的笑容，从怀里拿出折扇，哗啦啦打开了。

"你以为就你们有办法吗？我也有魔法工具。"

"孩子们，快点跑！"

瞬间，甘妮、尼妮和爱丽丝朝着出口狂奔而去。公爵夫人想要追赶，但是被动物们紧紧抓住，动弹不得。

"干得好，尼妮！"

孩子们刚走出奇妙之家便吃了白蘑菇，恢复了原来的大小。

 爱丽丝，我们该怎么办呢？

我们去皇宫，揭露公爵夫人的恶行吧！

 公爵夫人随后就会赶来，我们抓紧出发！

如果被扑克牌士兵抓到就麻烦了。千万要小心，不要被它们发现啊！

 女王到底在哪里啊？

尼妮，怎么了？

 板栗刺球……不是，那不是刺猬嘛！

差点儿就出大事了！

 你们看到过刺猬在天空飞翔吗？我并没有做错什么，却要遭受这种待遇。

看起来女王正在举办槌球比赛。女王有一个怪异的癖好，就是喜欢利用动物进行运动竞赛。

 嘿，给我站住！

爱丽丝和甘妮、尼妮三人回头一看，三个扑克牌士兵正举着矛盯着她们。

 又是你们？看来还得向陛下禀报。

让开！我要亲自去报告！

 啊，公爵夫人！

陛下现在正在后院进行槌球比赛。最好还是不要去打扰她……

 吵死了。快点带路！

是，请往这边走。

 陛下！请您为我做主啊！

公爵夫人！你又在搞什么？我看你一天到晚哭个没完才把你放了，你现在竟然敢来打扰我宝贵的时间！你想再被关进监狱吗？

 不是的，不是别的事情……

不是别的事，那说得不就是相同的事？到底是什么事？还不快说。不快点说就拉出去砍头！砍头！

听了女王的话，甘妮和尼妮噗嗤笑了出来。爱丽丝走到女王面前说："陛下，我猜测公爵夫人在为黑魔法师服务，她一定是跟黑魔法师勾结在了一起。公爵夫人所做的一切都是为了抢夺黄金书签，然后把它交给黑魔法师！"

　　"什么？把公爵夫人带下去砍头！给我砍两次头！不，直到她死为止，一直不要停！"女王跺着脚喊道。

公爵夫人"扑通"一声跪倒在地，眼泪像泉水一样喷涌而出。

"什么黑魔法师？我万万不可能做那样的坏事！"

爱丽丝询问公爵夫人："那你为什么要抢黄金书签呢？"

公爵夫人气愤地大吼道："我对黄金书签不感兴趣！我的目的是要找到时间大人！"

"时间对于我们每个人都是公平的，你为什么要独自占有它呢？"爱丽丝再次问了一遍。

这时，时间大人从怀表里悄悄探出了头。随后它慢慢漂浮到空中，脸上露出了满意的微笑。它的动作既安静又轻盈，谁也没有察觉到这悄无声息的变化。大家的关注点此时都在吵吵嚷嚷的公爵夫人身上。

甘妮反问公爵夫人。

"请你回答。为什么要这么做？"听了甘妮的话，女王也问道。

时间是属于我们大家的，听懂了吗？公爵夫人。

我只是想让时间大人把我送回到过去。曾经的我年轻、漂亮，我怀念小时候的自己。

真的吗？我想快点长大成为大人，你却想要当小孩子？

小时候每天都很开心、幸福。日子过得充实而满足，不像现在……

我知道你的意思了。确实，我每天都开心极了。

 你假装在安慰我，其实是在嘲笑我，是不是？

 尼妮说得对。我也觉得日子过得无比幸福。

 如果回到过去，会变成你们这样不懂事的小孩子，那我宁愿留在这里了。

 你到底是什么意思啊？不喜欢现在的生活吗？

 哪怕只有一次，你对现在的自己满意过吗？

 别说了！你们怎么说得那么直白啊！

 你们猜，我是怎么想的呢？

 您又是哪位？

 你真是的！我不是提醒过你，让你不要从皇冠里随便出来嘛！

 我只是想表达此刻幸福的心情。每天都与我的爱人相伴在一起，我觉得幸福无比。

 嗯嗯，我也是。我知道了，你快点进去吧！

 天……天啊，陛……陛下竟然也有如此温柔的一面……

 真是温馨啊！

公爵夫人愣在原地，简直不敢相信眼前发生的一切。

虽然出现了意外状况，但是爱丽丝马上又将话题拉了回来。

 公爵夫人，你能发誓绝对没有跟黑魔法师串通勾结吗？

我虽然性格有点偏执、暴躁，但是我很爱秘境。我是绝对不会做那样的事情的。

 好，那我们拿走黄金书签也没问题，是吗？

我对那个东西本来就不感兴趣，你们随意吧！我原本幻想着回到过去，也许能有机会坐上王位。可是后来就打消了那个念头，因为我明白了，无论在哪里我们都能够活出自己。

女王用火烈鸟在草坪上砰砰砰敲了三下说。

 公爵夫人对自己的错误有了深刻的认识，也下定决心要洗心革面、重新做人。因此，我宣布免除公爵夫人的死刑！

谢谢您，陛下！我先退下了。

 啊，黄金书签在哪里啊？

甘妮这才注意到飘浮在空中的时间大人。随后，时间大人淡定自若地坐在了女王的肩膀上，露出了谜一般的微笑。黄金书签也落到了女王手中。

 我可不能轻易地交给你们。这可是我们王国珍贵的宝藏啊。

求求您了，快点给我们吧。

 它是能够拯救幻想王国的重要物品啊！

你们只有在槌球比赛上击败我，才能得到它。

 哪有这种道理？

在这里，我说的话就是法律！

扑克牌士兵们按照女王的命令，又拿来了两只火烈鸟。

无奈之下，甘妮和尼妮并排站在了赛场之上。"扑克牌士兵们，都听好了！现在，你们确认一下刺猬飞到哪里去了！不然就给你们处以死刑！死刑！"

听了女王的话，扑克牌士兵们手忙脚乱地行动起来。

甘妮和尼妮各自抱着一只火烈鸟，担忧地看着彼此。刺猬不是球，火烈鸟也不是球杆！竟然还要用火烈鸟当球杆来击打活刺猬！这种情况简直太残忍了。

"动物们太可怜了！"甘妮喊道。

但是女王毫不理会。

"不玩就是死刑！一，二……三！"

白兔先生的哨声响起，女王奋力挥动起手中的火烈鸟。

"我实在是不忍心。"甘妮把火烈鸟紧紧抱进怀里。

看到手足无措的姐妹俩，刺猬说："没关系的。你们假装击打我，装一装样子就可以。"

尼妮犹犹豫豫地拿起火烈鸟，轻轻触碰了一下刺猬。意想不到的是，刺猬就像射出去的箭一样直冲云霄！

扑克牌士兵们呼啦啦去追赶尼妮的刺猬，而此时女王的刺猬却挂在了火烈鸟的喙上。

"哎呀！糟透了。过来吧，来这里把黄金书签拿走！"

尼妮打开了魔法书，黄金书签闪着神秘的光芒一下子钻了进去。

"我们成功了！"

呦吼！
秘境里的刺猬
可以在天空中飞翔啊！

尾声　难道都是真的

　　"店长，对不起。回去后我一定好好管教她。"甘妮向咖啡店店长鞠躬道歉。

　　"如果狗狗小便了，那我们可以代为清理。但是主人不在身边，狗狗就没有安全感，所以我们还是比较担心它。"

　　"实在抱歉！"尼妮深深鞠了一躬后，抱着棉花糖快速跑了出去。

　　"那么以后再见！"甘妮也打完招呼，赶紧跑出去追赶妹妹。

"尼妮，等等我啊！"

尼妮置若罔闻，径直奔向了游乐场。

随后，她抱着棉花糖爬上滑梯，"嗖"的一下从滑梯上滑了下来。棉花糖也兴奋得汪汪直叫。

"姐姐，你看棉花糖啊！"尼妮看着自家小狗，开心得笑着说。可能是感觉滑滑梯很好玩，棉花糖努力地攀爬梯子，想要上到滑梯的最高处。尼妮跑过去，再次把棉花糖搂进怀里。

"棉花糖都觉得好玩，时间大人也一定认为很有趣吧？"尼妮看着甘妮说。

"你是想让时间大人开心吗？"听了甘妮的话，尼妮回答道。

"嗯，三月兔不是也说了嘛。只要跟时间大人处好关系，想做什么都可以。"

甘妮吓了一跳说："在幻想王国里发生的事情，千万不要到处乱说啊！"

"不就是一场梦吗？神奇有趣的，栩栩如生的梦！"尼妮不以为然地回答。然后她又跑向秋千。甘妮一时哑口无言。

尼妮一手抱着棉花糖，一手扶着秋千，说："既然是梦，又有什么不能说的呢？我们两个人做了同一场梦。跟别人说自己的梦，也没什么大不了的吧，不是吗？姐姐。"

甘妮把手揣进裤兜，低头陷入了沉思。她犹豫着要不要把真相告诉尼妮。

"尼妮，过来一下。"甘妮从兜里掏出铅笔帽，展示给尼妮看。

"这个东西！这不是渡渡鸟给的嘛！"尼妮把手伸进了自己的口袋里。果不其然，自己这里也有一个一模一样的铅笔帽。

"哇！我要向朋友们炫耀一下！"尼妮说完便呼得一下跑走了。

"喂！你到底听没听我说话呀？快点站住！"

甘妮抱着棉花糖，在后面紧追不舍。

你想象中的爱丽丝

如果你是作家，你会把爱丽丝塑造成什么样的角色呢？

请按照你的想法画一画爱丽丝的样子。

年龄：

兴趣：

住处：

喜欢的食物：

喜欢的颜色：

喜欢的天气：

喜欢的科目：

性格：

座右铭：

喜欢的穿衣风格：

发色：

特长：

家庭关系：

讨厌的食物：

讨厌的颜色：

讨厌的天气：

讨厌的科目：

名著聊天室

托尼邀请甘妮和尼妮进入到聊天室中。

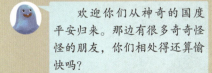

欢迎你们从神奇的国度平安归来。那边有很多奇奇怪怪的朋友，你们相处得还算愉快吗？

白兔先生每次说话都模棱两可，不置可否。让人急得不得了……

不过它做的料理简直太好吃了。我不得不原谅它了！

我读原著的时候就一直有个疑问，帽匠的帽子上为什么会标有数字呢？

那是帽子的价格，意思是十先令六便士。差不多相当于一个金币的价格吧。

看来还挺贵的呀。那帽子上为什么要贴着价格标签呢？

帽匠戴的帽子可以说属于他，也可以说不属于他自己。

嗯，你说话的方式越来越像白兔先生了。那又是什么意思啊？

帽匠的帽子都是拿来出售的，不知道什么时候帽子就换主人了。所以说，没有一项帽子是完全属于帽匠的。

还有，原著中也是称呼女王？对吗？

没错。你们是不是更喜欢"女王""公爵夫人"这样的称呼啊？

是的。一国之君是男是女又有什么区别呢。

另外，原著中没有小到能藏进王冠的迷你国王，他在我们这本书中是一个新的角色。国王无论是大是小，都给读者们留下了深刻的印象。

但是，我好想快点长大呀！不要只是脑袋变大，像个大头娃娃一样。

嘻嘻，大头娃娃！晚上做梦会不会梦到啊。

哈哈哈，我给你们介绍一下作者吧。他可是一位了不起的作家呢。请看下一页！

秘境中发生了那么多奇妙的故事。这本书的作者是不是也很奇怪呢？

刘易斯·卡罗尔
Lewis Carroll

1832年1月27日—1898年1月14日
英国著名作家、数学家、摄影家

　　本名查尔斯·路特维奇·道奇森（Charles Lutwidge Dodgson），是与安徒生、格林兄弟齐名的世界儿童文学大师。他的作品充满怪诞、奇幻的现代童话风格。1994年发现的一颗小行星后来被命名为"6984刘易斯·卡罗尔"。

刘易斯·卡罗尔出生于英国柴郡的达斯伯里的牧师家庭，在家中11个孩子中排行老三。他从小就酷爱读书，并常常为家庭小报写诗和故事。

卡罗尔身高体长，拥有一双蓝灰色的眼睛，擅长讲故事和歌唱，是一个很有魅力的年轻人。虽然和兄弟姐妹在一起度过了幸福的童年岁月，但是卡罗尔小时候一只耳朵丧失了听力，还患有严重的口吃，所以他性格敏感且胆怯内向。

卡罗尔从小就在创作诗歌与短篇小说方面展现出过人的天赋，作品深受大众欢迎，当时各出版社都争

爱丽丝·利德尔照片

相向他约稿。他一生兴趣广泛，除了小说和诗歌，他在逻辑学、儿童摄影方面也很有造诣，还有许多有趣的小发明。卡罗尔凭借优异的成绩被英国牛津大学基督教会学院录取。因数学成绩不凡，毕业后他被留在基督学院的数学系任教。1856年，卡罗尔认识了基督学院院长的女儿——4岁的爱丽丝·利德尔。卡罗尔经常为爱丽丝和她的姐妹们创作故事。有一次，卡罗尔在与利德尔姐妹野餐的时候，讲述了一个小女孩掉进兔子洞的历险故事，后来他把故事写了出来并取名为《爱丽丝地下历险记》，这正是《爱丽丝梦游仙境》的前身。在朋友们的鼓励下，1865年卡罗尔以《爱丽丝梦游仙境》的名字出版了这部作品，作品一经出版便受到了广泛欢迎。维多利亚女王也十分钟爱这个故事，她曾命令卡罗尔尽快完成下一本小说并呈交给自己。卡罗尔在数学方面也有较大成就，出版了《欧几里得与当代的对手》等大量的数学论著，这些书籍现在都成为英国数学方面的宝贵文化遗产。

刘易斯·卡罗尔画的爱丽丝

1868年，当爸爸去世后，卡罗尔陷入深深的悲伤中无法自拔，甚至一度患上了抑郁症。在此时期，他创作了另一部闻名世界的小说《爱丽丝镜中奇遇记》。之后又出版了一首有趣的长诗《猎蛇鲨记》，这些作品也成就了卡罗尔的文学名声。卡罗尔在文学领域获得了巨大成功，可谓名利双收，但他始终保持谦虚的姿态致力于为儿童服务事业。

下面两图中共有五处不同，你能找到几处呢?

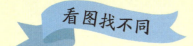

下面两图中共有五处不同，你能找到几处呢？

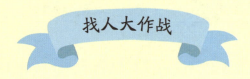

爱丽丝邀请了本书中的人物来参加下午茶派对,
请在下面表格中找出六个人的名字。

梦	仙	魔	雨	毛	图	书	毛			
游	官	法	国	虫	历	险	晴			
南	蜴	邀	白	兔	先	生	时	城	市	场
冬	比	请	客	宝	明	空	间			面
天	空	观	察	藏	观	间	大			线
毛	甘	尼	展	览	情	变	人			语
洞	口	妮	开	妮	帽	化	欢	茶	匠	路
美	味	气	北	奇	幻	法	喜			
	道	国	数	字	谜	阵				

游戏大揭秘

找人大作战参考答案：

梦	仙	魔	雨	毛	图	书	毛			
游	官	法	国	虫	历	险	晴			
南	蜴	邀	白	兔	先	生	时	城	市	场
冬	比	请	客	宝	明	空	间			面
天	空	观	察	藏	观	间	大			线
毛	甘	尼	展	览	情	变	人			语
洞	口	妮	开	妮	帽	化	欢	茶	匠	路
美	味	气	北	奇	幻	法	喜			
	道	国	数	字	谜	阵				

看图找不同参考答案：

航海游戏参考答案：

①正确。②一步登天。③秤。④真相（像）大白。⑤猪（珠算高手）。
⑥兵。⑦我才（天生我才）。⑧海豹（报）。⑨二。⑩嘴。
⑪值。⑫桂。⑬言。⑭脂。⑮亏。

图书在版编目(CIP)数据

勇闯爱丽丝秘境/(韩)安成燻著;赵英来译;(韩)李景姬图. —福州:海峡文艺出版社,2023.11(2024.1重印)
(魔法图书馆)
ISBN 978-7-5550-3528-2

Ⅰ.①勇… Ⅱ.①安…②赵…③李… Ⅲ.①儿童故事—图画故事—韩国—现代 Ⅳ.①I312.685

中国国家版本馆 CIP 数据核字(2023)第 207393 号

勇闯爱丽丝秘境

[韩]安成燻 著　　赵英来 译　　[韩]李景姬 图

出 版 人	林 滨
责任编辑	邱戊琴
编辑助理	陈凌宇
出版发行	海峡文艺出版社
经　　销	福建新华发行(集团)有限责任公司
社　　址	福州市东水路 76 号 14 层
电话传真	0591—87536797(发行部)
印　　刷	福州德安彩色印刷有限公司
厂　　址	福州市金山工业区浦上标准厂房 B 区 42 幢
开　　本	720 毫米×1010 毫米　1/16
字　　数	85 千字
印　　张	9.25
版　　次	2023 年 11 月第 1 版
印　　次	2024 年 1 月第 2 次印刷
书　　号	ISBN 978-7-5550-3528-2
定　　价	29.00 元

如发现印装质量问题,请寄承印厂调换